Les petits livres roses d'Ana

Les copines

Pacco et Pétronille

MARABOUT

Hiiiiiiiii !!!!!
Hiiiiiiiii !!!!!

Je vous présente Cynthia
(et sa passion coupable pour Maria C.)...

... et voici Claire
(et sa passion coupable pour les chaussettes à pois)

Bonsoir...

Ah bah, tu tombes bien, euh, machin...
Dis-nous... Qui c'est qui a les tétons les plus clairs ?

...time of my life, No I never felt this way before Yes I swear...
Han ! Toi aussi t'es fan ??!
Hhhhiiiiiiii !!!

Et sinon, toi, t'aimes bien ça, la sodomie ?
Euh, c'est-à-dire, je n'ai pas pour habitude de discuter de ça avec euh...
Ah ah ! Siii, je sens que t'es une grosse chaude, toi, hein ?
Écoutez, je vais... euh... vous laisser...
Attends, les filles qui disent non, moi, j'les connais !

Cynthia, laisse passer j'suis armée !!!
Dis donc, Roger-Bande-Mou, tu vas la lâcher, hein !? C'est notre coopiiineuh !

Nan mais c'est ta jupe Marie-Chantal... Roger, ça le fait craquer, ça. Mais t'inquiète, aaaavec nous, t'as plus rien à caindre.
Caindreuh !
CRAINdreuh !
T'façon, il bande vraiment mou !
Rhhaalllez les ffffiiiilles, c'est à qui son tour de montrer ses ffff... ses ssessses... ses...

Et là tu vois, bon, on se déshabille, et bon, il sentait vraiment pas bon quoi.
Genre transpiration ?
Non, plutôt genre... euuh... vieille crevette...
Heuaaark ! tu l'as pas sucé, j'espère ?
Ben si, quand même...
Mais pourquoi ?!

Ben... il m'a dit "s'il te plaît".

Sssst !
Sssst ! Eh !
Eh mademoizelle,
tu veux pas
m'sucer ?
Nan merci,
c'est bon,
on a déjà pris
notre p'tit
déj'...
2 CONS

Ça veut dire quoi "Gourmand" ?
Bon MAIS gras.
Et "Plein d'énergie"?
Pas bon ET gras.

La farandole de la mer

Attends, c'est bon...
...c'est pas fait avec de l'anus de morue, non plus...
La, la, la !!! Je n'entends pas !!!

Tiens, tu veux pas qu'on se remate Ocean's 11 ?

...
...

...C'est VRAIMENT fait avec de l'anus de morue, c'est ça, hein ?

Pffft...
En fait, je suis une incurable romantique...
...Je cherche toujours le Prince Charmant !
Ouais, ben personne t'oblige à te taper les Sept Nains en attendant !
Krrr... Krrr...
Harf harf !
Hoo ! Hoo !

SOLDES
Tu cherchais pas un boxer taille basse ?
Si.
Alors, j'en ai un jaune poussin en 34 et un rouge pute en 48.
-70%

Don't mess with my girl

Et toi, tu ne vois personne en ce moment ?
Si, je passe des soirées torrides...
... à préparer des Powerpoint et des graphiques Excel...

Hu hu hu, avec de grosses pièces jointes ?
Rhooo, monsieur Powerpoint, vous en avez un gros graphique, hhhmmm...
Krkrkr, t'es con !

Une femme qui commande,
c’est pas vraiment une femme, hein ?

Cynthia, amoureuse.
Guillaume, son fiancé.
Amélie, sa meilleure amie.

Fiancé parti avec meilleure amie.
Meilleure amie partie avec fiancé.
Pétrifie une salle entière rien qu'en levant un sourcil.
Sept ans de kung-fu : peut tuer un homme à mains nues.
Peut boire deux litres de whisky sans broncher.

Claire à la recherche du Prince Charmant
Perdu du Cristal

Claire à la recherche du Prince Charmant Perdu de la Jungle du Mystère

Claire et la quête de l'Homme Parfait de l'Or Maudit

...Baaaais siiiiii... j'ai vraiment une vie sentimentale de Beeeeerde
...Mais non...
...Baaaais siiiiii !!!
...Mais non, je peux pas te laisser dire...
...Que d'la beeerde j'te dis !!!

PPFFFFFFFFRRRRRRHHHHH !!!
...Bar contre,
j'ai de suber chaussures.
D'as vu ?

Ana, votre mec vient de foutre le camp en vous laissant son chat :

A : Vous mangez des pastilles de Javel.

B : Vous appelez votre mère qui va vous dire que c'est normal qu'il soit parti vu que vous avez un gros cul.

C : Vous appelez votre mec pour supplier, l'insulter et laisser des messages que vous regretterez.

D : Vous appelez vos copines.

Allo Cyndia ? c'est Ada.
Chérie, je peux pas te parler là, je suis à Dublin, j'anime un séminaire pour des huiles.
Oh, dant pis, c'est bas grave, ma chérie. On se voit gand du reviens.
...Near, far, wherever you are I believe that the heart does go on...
Attends, c'est quoi ce truc que j'entends derrière toi ?
Dan, c'est rien, c'est "By heart vil go on".
J'arrive.

Après la rupture, les copines sont là !

Cynthia m'emmène me changer les idées

Dans l'avion

T'es sûre que tu veux pas un cocktail, ma poulette ?
Cynthia, pour la première fois depuis qu'Alex est parti, je pense à autre chose qu'à lui...
Ah ouais, à quoi ?
...Au fait qu'on va s'écraser comme des merdes et que je vais mourir pas épilée.
Je t'avais dit de te faire le maillot...

Majorque, day 1
(ou « L'espagnol en 1 leçon »)

Majorque, day 2

Majorque, day 3

P'tain, ça caille ici...

Et le frigo est viiiide...

Salut poulette, c'est Claire !
Cynthia t'a déposée chez toi ?
Ouais, elle avait laissé sa voiture à l'aéroport...
OK, ben j'arrive, alors.
C'est gentil, poulette, mais je peux rester seule une soirée !

Ouais ben, on va attendre que tu sois capable de regarder "Plus belle la vie" sans pleurer pour ça, hein...
...J'suis là dans 20 minutes.

Nan mais intégral, c'est plus pratique, et pis comme ça on voit mon grain de beauté !
Attaaadez, je vous montre !
Mais t'es folle ou quoi ?! Tout le monde nous regarde !!!

Non mais vous me prenez pour qui ? Je vais pas montrer ma chatte comme ça en plein milieu d'un bar !
J'vous ai bien eues, hein ?

Ha haa ha haa !!!
Regardez !!! Il est LÀ, mon grain de beauté !
ZIIIPP!!
PONK!!

Mon cadeau de bienvenue
au Club des célibataires

Attendez, attendez, qui j'imite là ?
La connasse du catalogue des 3 Suisses !!!

Ce que les mecs imaginent :

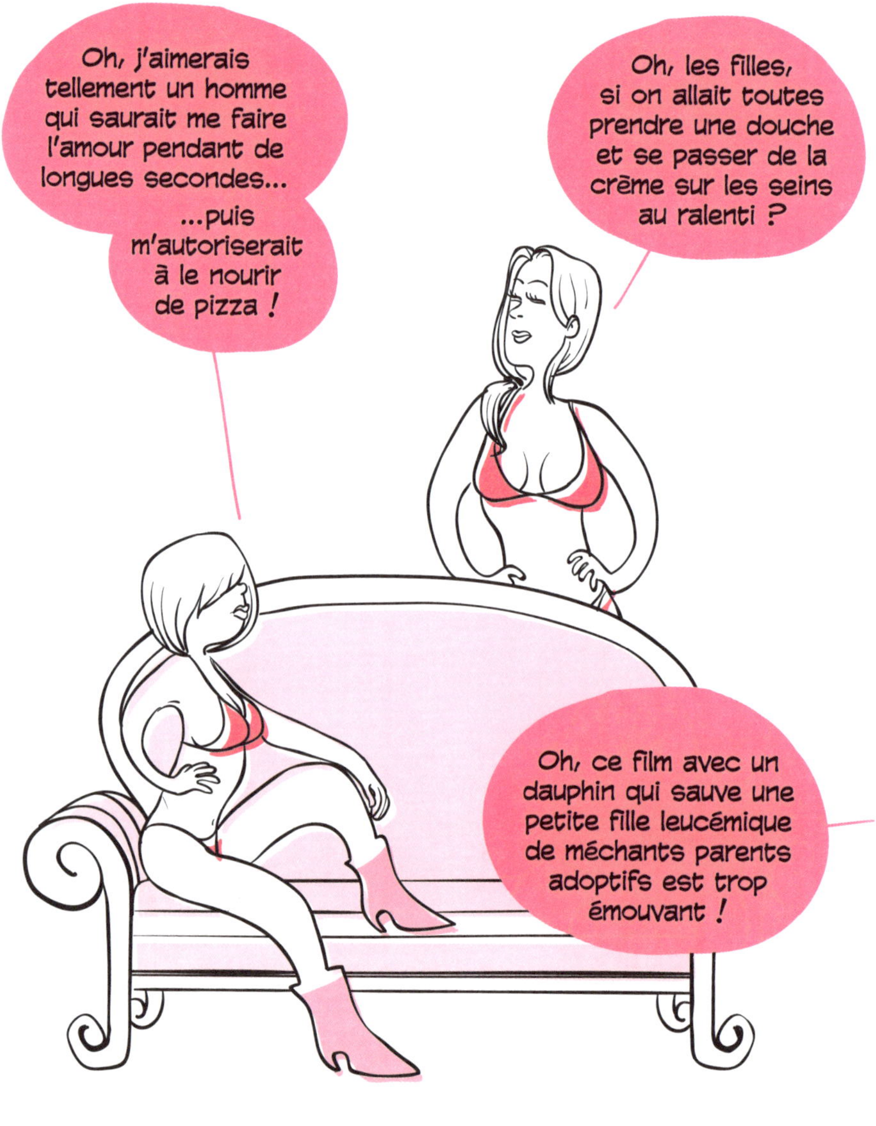

Ce qu'on fait vraiment :

On s'est fait avoir par la pub...

Ce qu'on nous avait promis :

Ce qu'on a eu :

Week-end de l'extrême
(ou « Les citadines débarquent »)

Rhaaaaaa !!!
Vous ne devinerez jamais les filles...
Jennifer Aniston se tape Brad Pitt...
Quuoooooiii ?!
Mais c'est pas vrai !!!
Maaaiiis qu'est-ce qu'elle a de plus que moi, cette morue ?
Ne vous fatiguez pas, je parie qu'il va la larguer et se faire attraper par une traînée à grosses lèvres.

Allez, on se barre. Cet affreux cauchemar est enfin terminé...
P'tain, tu m'étonnes, 48 heures de pluie non-stop et, en plus, j'ai jamais eu aussi froid de ma vie !!!

Oooh,
allez les filles,
c'était sympa...
BLAM!!

...Naaan ?

WAAHAA!!!
SHWIIIIING
TADAH!!
LET ZE
SUN SHAÏNEU
WIIIZZZ

Chiass'.

Aaaaah, le printemps !
C'est marrant, depuis quelque temps, j'ai l'impression que le sperme sent un peu le pissenlit…
OK… Ça te dérange si je reste bien focalisée sur le printemps ?

Mais qu'est-ce qu'elle fout, Cynthia ?
Je sais pas, elle a dit qu'elle avait une surprise.
Hey ! Salut !
Elle est en train de payer le taxi...
Alors, c'est quoi ta surprise ?

Vous vous souvenez de Juan ?
¡ Hola !
Euh... Au-là...
...Euh, Cynthia... qu'est-ce qu'il fout là ?

J'avais faim, j'me suis fait livrer espagnol... krkrkr...
¿ Qué ?

Pfft, Cynthia, je crois qu'Alex me manque un peu...
T'as oublié quel gros connard c'était ou c'est juste que ton vibro a plus de piles ?
...Ah ouais tiens, t'as raison, c'est juste ça en fait. Merci !
Anytime.

Bais oui, bais c'est trop bas juuuuuste ! Pourguoi Batrick, pourguoi luiiiiii ?
Oh, ma belle, nous aussi on est super tristes !
Ohhh ma chérie, pleure pas ! On ira faire des portés à la piscine...

Le retour de Juan, le barman caliente !

Me laisse pas, là ! J'ai un mauvais feeling !
Bon, y dit quoi ?
Y dit... Attends... y dit : "Llevo meses pensando en ti y no quiero darle más vueltas : lo nuestro tiene que tener futuro ! Entonces voy a ir a verte y haré todo mi posible para que funcione."
Alors selon Googletrad, y dit, euh...
TICK TICK TICK
"Mois j'ai pensé toi et ne veux pas lui donner davantage de retours."
...

Ici presque toutes les filles ont les cheveux courts ! C'est marrant, non ?
Chérie, rassure-moi, tu sais pourquoi le cocktail qu'on est en train de boire s'appelle un XX ?

Oh là là là, c'est bon, je dis plus rien !

C'est ça, et quoi ? il vient ici, il apprend le français...
Il trouve du taf, on se marie et on a des enfants, c'est ça ?
T'as le droit d'avoir peur...
T'as le droit de te taire !

CQFD

Euh... Et qu'est-ce qui te fait penser ça ?
Ben, je sors avec une fille.

Aaaaah alors, oui, effectivement.

Comme disait Lao-Tseu...

Hum...
Tu dessines quoi mad'moiselle...
T'es charmante, tu veux pas me faire un sourire ?
Filles du
Et voilà, le "relou-du-métro" c'est encore pour moi...

Eh, la teupu, tu veux pas m'parler ?
Maaais si, connard, j'en meurs d'envie ! Je prends justement le métro aux heures de pointe pour le plaisir de me faire draguer par un gros naze !

Toi !
Tais-te tu !
Laissez fille !
Dis donc,
la vieille...
illes du

C'est fête bite donh slip à toi ? Va frotter contre arbre ! Porco ! Mauvais !
Filles du Calvaire

Dans la collection « Marabulles » :

Maé, saison 1,
de Pacco (2009).
Maé, saison 2,
de Pacco (2009).
J'aurais adoré être ethnologue,
de Margaux Motin (2009).
Pourquoi j'suis pas aux Maldives ?,
de Soledad Bravi (2009).